CUENTOS DE LA NONNA - I

PRIMERO DE LA SERIE

TERESA DI SCLAFANI DE NASCA

Cuentos de la Nonna - I

Primero de la serie

Publicado por Editorial TecnoTur

Maquetación por Allan Tépper

ISBN de la versión impresa de tapa blanda:

979-8-9925106-5-2

ISBN de la versión electrónica (*ebook*):

979-8-9925106-6-9

DEDICATORIA

Esta obra la dedico a:

- Mi hijo, el Profesor Carlos Sayas Torres, que nació de un milagro. Un abrazo y beso de tu madre que te quiere tanto.
- Mis hijos Toni y Enzo.
- Mis tres nietos, Salvatore Jesús, Enzito y Salvatore Antonio. Besos a todos.

NOTA DEL EDITOR
SOBRE LA PALABRA «NONNA»

La palabra italiana *Nonna* en castellano significa Abuela.

1

HISTORIA DE ALIA: CIUDAD JARDÍN

Mi pueblo, donde yo nací el 16 de febrero de 1940 y mi marido Salvatore Nazca el 15 de marzo de 1931. Nuestro matrimonio el 22 agosto 1959 y saliendo para Venezuela el 22 de noviembre de 1959. Recuerdo de mi infancia, pueblo bendito de Dios. Está sobre una montaña con una parte abajo, la montaña llamada *Pizzo della Raciura* y otra subida toda escalinata que lleva a Rabatello, llamado donde está el Calvario. En Semana Santa van las procesiones, hay rezos y cantos antes, hay la madre Iglesia al lado del palacio Guccione dónde se festeja el 2 de julio la fiesta más grande del año, La Madonna, dónde están todos los apóstoles, las vírgenes, San José y la dolorosa. Hay un reloj que a la misma hora, las 4 de la mañana, despierta al pueblo. Está la iglesia de San José muy pequeña y la iglesia de Santa Ana que es grande y de muchos recuerdos. En la escalera hay rejas, recuerdo que dejó Salvatore Nazca cuando tenía 16 años.

Ese pueblo de Alia se salvó de ser destruido, ya que se dieron cuenta que los cañones estaban muy bajos y los pusieron altos. La familia Lopresti,_una heredera de Alia, terratenientes ricos de los cuales soy heredera por las dos abuelas de mi papá y de mi mamá, hacían siempre fiesta. Un defecto es que a los empleados no les daban nada. Así fue la venganza: una mañana de hielo le dejaron todo el ganado afuera y se salvó solamente el toro que se fue a la gruta, por eso se llama la Gruta del Tabaro, que está en la verja.

Había dos escuelas: una de San José, muy vieja, de jóvenes y genios, y la escuela nueva a la que iban varones. Había varios profesores muy buenos. había el maestro Macaluso, con el que todos se asustaban porque era muy exigente. Un día a la semana se los llevaba al campo para trabajar en sus tierras.

El mar está a 30 km y la primera vez que lo vi tenía 8 años. Yo y mi papá íbamos a Palermo a hacer una visita con el doctor Gucciones y recuerdo que de arriba del tren mi papá me dice: «ve el mar». Mi padre le lleva las habas, que era tiempo. Cuando llegamos la cuñada se puso muy contenta gritaba. La pasta con *fritella*. El lunes me llevó a hacerme una radiografía. En aquel tiempo era como un guardarropas largo y alto y había una barra que los pasaba para hacerlas. El resultado era igual.

Era época de fascismo de Benito Mussolini que era el perro de la monarquía y botó al monarca Felipe II, lo mandó al exilio y se puso él. Eran tiempos muy malos, Italia atrasada, sin agua, sin luz, sin cañería. Mi papá atrás de la casa había una calle que la usaba para botar basura y puso una tubería hasta el puente, todo se iba abajo del puente era como a 200 m y era la Vía Nacional. Y así duramos hasta la caída de Mussolini. Dicen que no, sí es verdad que entregaba a los pobres 10 g de pan al día y 100 g de carne por semana a la familia.

El que tenía tierra y ganado vivía bien. Mi abuelo Gaetano Di Sclafani embarcó a Nueva York en 1906 en un barco lleno de sicilianos. Tenemos el cuadro de todos los apellidos que viajaron con él. El dólar valía y en Italia eran liras. Con solo 2 años que estuvo, compró tierra, casa y ganado. Vivíamos bien, éramos de la clase media.

Sicilia era invadida por españoles y franceses y hubo las Vísperas_Sicilianas, en las que salieron hombres, mujeres y niños. Después de las 5 de la tarde la palabra era *«ciciri»*. Si no la sabían pronunciar, afuera ellos decían, los botaban.

Alia es abajo de una montaña de ovares. Subíamos hasta el *Pizzo della Raciura* y era más fácil la subida que la bajada. Había las fiestas de Natal el 31 del año, había fiestas, se hacían dulces y conseguíamos el vestido nuevo en el cortinero de las ventanas, los dulces y dos carbones en las mangas del vestido. Esa era una fiesta de familia. Venía el Carnaval en febrero, los últimos días eran las fiestas del pastor. Había baile y mucha comida. Había el Calvario al que se iba en la Semana Santa a rezar y cantar. Hay una zona rural llamada Marcatobianco. Mi papá tenía la tierra cerca y con los vecinos iba a la fiesta del crucifijo en el mes de mayo.

Había carreras de caballos, mucha comida, vendedores de todo, gente aprovechaba a comprar. Todos los domingos iba el Padre Cuchiara a dar la misa. Había una sola maestra que daba todos los grados. Todos eran muy ricos, todos terratenientes con mucha tierra y ganado que pertenece a Castronovo. La vida en el pueblo porque tenía tierra y ganado vivíamos muy bien. Papá iba a la feria a vender ganado, vestía con pantalones a la zuarra, con piel negra en la rodilla, estivales y sombrero. Eso es el recuerdo que tengo, las gallinas ponedoras. Recuerdo que los pollitos llegaban solos a la casa. Si crecía un cochino y se mataba en octubre, se hacían las salchichas, el lardo y la manteca. A pesar de todo se vivía muy bien, porque la gente que trabajaba tenía para comer cada día.

2

HABLAMOS DE MILAGROS

Una mujer de 32 años salió embarazada. Ella trabajaba mucho con transporte, vehículo propio y afiliado. Cuándo le faltaba vehículos, llamaba a las cooperativas de Colombia de la frontera. Eran tiempos graves, el trabajo no daba mucho. El marido hacía trabajos de Puerto la Cruz hasta La Vergareña, cerca de Brasil. Salió embarazada en 1972 y fue a la farmacia cerca. Le dieron dos pastillas y abortó un feto como una mano. Asustada llamó a una vecina y le dijo: «era un niño ese feto».

Fue a Puerto Rico y nació un niño. Esta señora tuvo dos apariciones de un joven como de 25 años. Ella venía de Orlando que tenía un hijo con negocio, venía muy cansada al aeropuerto de Caracas y se le apareció un joven y le dice: «Acuéstate». Ella le dice: «Tengo miedo, hay ladrones». Él tenía un morral, le quitó los libros y lo puso abajo de la cabeza, se quitó el paltó y se lo puso encima. «Yo la despierto», le dice. La llaman a las 8 porque iba a salir el avión. Le dice: «Mami, mami, su avión va a salir». Ella se levanta y le dice: «Mi ángel de la guarda, ¿cuándo te veo?», y él responde: «No sé».

Otra vez en el mismo aeropuerto los jóvenes se pusieron a decir que en la madrugada salían ratas. Uno de los jóvenes fue a buscar un sillón o una silla, le dice: «Acuéstate, la vamos a cuidar de las ratas». Cuando iba a salir el avión la llaman. Las cosas de la vida. Este joven viene a Estados Unidos después de mucho tiempo, graduado en Puerto Rico de cardiólogo cirujano. Fue una eminencia y se vino hace unos 6 años a Estados Unidos.

En el hospital una señora le dice al hijo «Búscame un cardiólogo». Vio en internet que había uno sobresaliente, hizo cita y fue allá. Dice que le cayó simpático. Después se cambió a un hospital más cerca e iba con citas muy constantes. Una vez mirándolo a los ojos le dice «Un cuadro de madera con un marco tallado que dice profesor tal». No quiero poner su nombre, menos el apellido, es muy conocido de muchas charlas. Siguió su simpatía entre los dos.

Un señor anciano muy católico le dice a esta señora: «Soy muy religioso, estudio mucho la reencarnación, hágase el ADN». Esta señora se lo hizo. El 20 de mayo va a consulta y el 28 de mayo él le dice que se le hacía de vida a esta señora. Toda su familia está en Italia y siempre va a la Madre Iglesia y habla con Monseñor, que tiene 93 años. Le responde: «Los milagros existen». Esa fue una encarnación, como la Virgen María que el Ángel Gabriel le anunció que iba a ser madre.

El parecido es que le dio la inteligencia, la bondad, trabajadora, la humildad, todo está coincidiendo con el porte de la señora.

Llega a los Estados Unidos y averiguó con un padre muy viejo y le dice lo mismo. Ella le dice que vayan al Obispo, pero él está demasiado ocupado y no puede. Ella le hizo una carta bien redactada y le dio la respuesta. La transcribió al Papa y espera respuesta.

3

PASTA CASERA

En el pueblo se hacía la pasta de casa con un abridio, con un hueco en la cocina y una barra a la que se le daba vueltas y salía la pasta, todo tipo de pasta como se quisiera. El grano se iba a moler lejos donde había las mafias y a veces se lo quitaban. Se hacía el pan en la máquina y el horno con leña.

La Semana Santa hacía el martorio frente a la iglesia de Santa Ana que era bajada. La iglesia alquilaba las sillas en San José el 19 de marzo y se hacía el pan dulce y las canolas llenas de ricotta. Se hacían virgencitas para los pobres, las vírgenes de San José y 12 virgencitas. Se hacía una mesa muy grande y asistían todos los que pertenecen a San José y a la virgen Inmaculada. Ellos asistían a los lavados de los pies en Semana Santa.

Para los jóvenes en Semana Santa, había en la iglesia los ejercicios en la madrugada y se ponían a tirarles las muchachas los pasteles. Alguna que tenía novio se llevaba una ropita y se iba con el novio, estaba unos días afuera y regresaba dándose golpes de pecho, que los padres la perdonaran.

4

ITALIA Y LAS GUERRAS

Había que hacer grandes sacrificios para salir adelante y tras la guerra de 1518, Italia quedó destruida y con hambre, con la gente a pie y muchos muertos. En la Segunda Guerra Mundial también quedó destruida, solamente el Vaticano quedó bien. El Papa Pío V salió al encuentro de los soldados para pedir que no entraran al Vaticano y se salvó, la historia así lo dice.

Los alemanes no pagaron los daños nunca, muchos muertos y varios mutilados, muchas viudas y huérfanos. En aquel tiempo el gobierno italiano daba una miseria de pensiones, pues no tenía dinero. Eran tiempos de terror. Los americanos enviaban ropa usada, leche en polvo y harinas de garbanzo para hacer polenta.

Venezuela en el tiempo de emigración fue un país que recibió muchos inmigrantes italianos, portugueses, isleños, madrileños y de todos los países que quisieron emigrar. Eran ricos, tiempos felices, tiempos de Juan Vicente Gómez, de Angarita y del General Pérez Jiménez. A este lo botaron el 23 de enero de 1958 y se empeoró Venezuela, siendo una tierra rica de petróleo y de todos minerales.

Entraron los adecos, el Presidente Betancourt y Leoni. Vino Copei y Caldera, lo mismo. Vino Carlos Andrés, que hipotecó el país. Luis Herrera no robó, pero hizo que robaran los demás. Otra vez Caldera, la dictadura de Chávez y lo último, el dictador de Maduro.

Más de 7 millones de venezolanos han salido buscando la suerte en otros países. Quedaron arruinados y todo se lo robaron. Ahora gana un democrático y no le entregan el puesto. Siguen saliendo a escondidas, buscando otros horizontes. Terminan como los cubanos aquí en los Estados Unidos, un país muy rico que está casi como el tercer mundo.

Ojalá venga un buen gobierno para vivir tranquilos. Toda Latinoamérica no está bien, la gente abandonó el campo y se cree que en otros países van a vivir mejor. No sabe que el campo es lo que da.

Los italianos han dado vueltas al mundo, trabajando de todo, levantando países que estaban mal. Tampoco Italia ha tenido suerte con los gobiernos de turno. Si no fuera por el turismo, por el que van más de 30 millones de personas al año, no se pudiera vivir. Los restaurantes son económicos, los hoteles hay de todos precios, hasta casas de familia. Por eso los turistas van, ya que les sale económico. Hay un autobús subterráneo que da vueltas por toda Europa, hay muchas iglesias muy bonitas y en Francia la mejor iglesia del mundo.

Italia tiene iglesias bellas y buenas plazas. Por eso los turistas van a Torino, donde está el sudario de la Magdalena, con el que secó el sudor a Dios. En Padua está la lengua de San Antonio en vivo. Está el Estrecho de Messina, donde tiene autobús y carro. Puedes comer los *arancinis* en Palermo y hay las plazas de Montello, que son lo mejor del mundo.

La iglesia de Murriales, la Torre de Pisa que se hunde de un lado poco a poco. Hay muchos recuerdos de Inglaterra, las cosas antiguas frente a la Torre de Pisa, la iglesia que es de oro de 18 kilates.

Inglaterra es monarquía y dónde hoy monarquía no hay vida, con la Reina Isabel que se murió. Es posible que cambie con el nuevo Rey y con los nietos. El Rey de España ha cambiado muchas reglas, de sueldo cobra una pequeña suma. Hay varias islas que tienen reinos muy modernos. Hay muchas bellas historias y recuerdos.

5

GIULIANO

Hay escritores que dicen que Giuliano era un bandido y que lo decapitaron. No es verdad, él se hizo bandido por la necesidad y las circunstancias. La policía estaba de acuerdo con la Mafia. Pasaban los mafiosos con vehículos llenos de armas y droga y los hacían pasar. En cambio pasó Giuliano con una bicicleta con unos sacos de harina y se los quitaron. Él se armó de una palanca de hierro y mató a dos policías. Se dio a la clandestinidad, quitando a los ricos y dejando a los pobres, entraba en las casas y las personas lo dejaban. Me acuerdo muy bien. Lamentablemente su primo lo traicionó y lo mataron.

La guerra de Trieste dejó muchos muertos al igual que en Italia. Hubo militares que se quedaron en Trieste y se casaron y hubo quien regresó. Un soldado se enamoró de Doña Lola, hija única de una familia rica, y se la llevó a Sicilia engañándola, diciendo que era rico. De todas las mansiones que le hacía ver, decía que la de él era mejor, hasta que llegó al pueblo de Alia en un barrio de Santa Rosalía donde vivían sus padres.

Vio la mujer que era un barrio pobre. Primero, estaba muy enamorada y segundo, el padre le dijo que si se iba, que no regresara. La mujer se acostumbró a aquella casucha y a la necesidad en que vivía, nunca se quejó, en todo estaba conforme. Ella había traído ropa de lujo y sus pinturas. Si iba a llenar el agua río abajo de donde vivía, es mi recuerdo que la criticaban sus vestidos de lujo y su pintura. Hasta nosotros cuando salíamos de la escuela gritábamos: «Doña Lola con tres canola, uno te baila y dos te suenan».

Es lamentable. Ella escribió un libro de su vida que tuvo éxito después que murió y otro que escribió sobre la vida de la población de Alia. También escribió mentiras de la gente, usaba zapatos con tachuelas y mentiras. Mi abuela era de 1890 y se murió en 1972. Usaba zapatos con taconcito, cartera y paltó. La hermana Ana andaba siempre con sombrero y dicen que usaba velo como los musulmanes. Suscribí al síndico de retirar todos esos libros de mentira. El pueblo de hoy sabe que es mentira, pero dentro de 20 años la juventud no va a saber que es mentira.

6

LA MAFIA Y EL CAMPO

Por muchos años entre militares, gobiernos y tribunales eran todos mafiosos. Mataban, amenazaban, exigían plata. Al pobre lo mataban porque no tenía, al rico le cobraban «vacunas». Había otras Mafias que exigían cosas de oro, mesas de noche, lámparas, peinadoras, hasta sillas. El ladronismo era demasiado. Había pianos e instrumentos musicales y armaban fiestas donde iban todos. Gente muy rica que se divertían a cuestas del trabajador, les sacaban la sangre trabajando el campo.

Antes al que trabajaba la tierra le daban la mitad y tenía que poner las semillas, los químicos y no les quedaba nada. Después con las reformas agrarias, las semillas y los químicos se los daba el dueño. Los campesinos tenían que sacar las espigas. Habían unas áreas redondas donde ponían las espigas y con dos mulas empezaban a pisar todas esas espigas. Como usaban un pañuelo en la cabeza, les decían las Vírgenes de Gibilmanna.

Sacaban el cuerpo y el alma hasta que podían dividir el grano con la paja. El grano lo llevaban a la venta y la paja la amontonaban para comida en el invierno, para los mismos animales y el ganado. Pasaban unos que hacían fiesta en el pueblo, les daban a tomar vino y se les daba granos, en las fiestas de la Madonna Santa Rosalía la Dolorosa. Hacían fiestas con música y cantantes y todos ponían sus merces a la venta. Ya esas fiestas no las hacen, los tiempos son complicados con muchos costos.

Había muchos que actuaban en nombre de las mafias y esos eran peor, no sabían lo que hacían pero el fuerte terminaba con ellos. Eran las malas muertes. Había contra-mafias, grupos grandes que a veces terminaban mal si no se guindaban.

Esa época era muy mala, se robaban niños para pasar las fronteras y otros para pedir rescates. Había un hospital donde las monjas y un cura hacían desaparecer a los recién nacidos y los vendían a los negros, que les pagaban muy bien. Eso pasó mucho en Argentina. Cuando estos niños eran grandes, veían que ellos eran blancos y los padres negros, empiezan a sospechar que no eran hijos de ellos y buscan por todos los lados hasta que descubren quienes son los padres.

Actualmente han regresado muchos, hay solteros, hay padres de familia que regresan con esposa e hijos, hay quien consigue a su madre viva y hay quien ya está muerta. En

Argentina todavía van las familias a la Plaza Primero de Mayo llorando a sus hijos. Es lamentable la atrocidad que pasaba una madre por otro que se vendía por un puño de dinero. Triste historia. La gente muere, las historias quedan. La historia de un pedazo de país es muy larga y complicada.

7

HACIENDO EL PAN

Primero hay que preparar la tierra para pasar un específico arado y después sacarle todo el monte. En abril hay que sembrar las semillas y echarles químico para crecer. En el mes de junio, hombres y mujeres apartan las espigas con el tronco, las espigas al aire, el tronco lo ligan con la misma paja. Hacen unas áreas grandes y las limpian para poner las espigas y empezar la pisada. Hombres y mujeres, el marido pisando con dos mulas y las mujeres sacando las espigas fuera del área que salía y la botaba adentro. Apartaban la paja y el grano que iba a la venta, porque había que dejar para comer durante el año.

Cuando iban al molino para moler había que quitarles todos los restos y las piedritas y llevarlos al molino. La harina de amasar el pan en una malla de madera, se le pone levadura y agua y se amasa. Se calienta el horno con leña, bien calentito, primero de un lado y después del otro lado. Se le quita la ceniza, se pone el pan redondo y se mantiene como media hora. Se saca y se pone en una canasta listo para comer. Los comensales no ven el trabajo que da el pan en la mesa.

Las historias de la leña para hacer el pan, se pone una semilla muy pequeña, si es en la montaña es mejor. Hay que echar agua todos los días o se seca. Buscar el agua de un río, a veces cerca y a veces lejos, esperar que se hagan grandes, lo que llevará años. Quitar las ramas que servían para la cocina y las hornillas. El tronco se saca, se corta en trozos pequeños y con esos calienta el horno. Para poner el pan, se hacen carbones que se usan para las hornillas. Hoy la juventud no sabe el trabajo que costaba un pedazo de pan. Hay horno eléctrico y pan caliente todos los días. Bonitas historias.

8

EL CUENTO DE LA PELUSITA ROJA

La pelusita roja llevaba una horquilla en la cabeza y vivía con sus padres y sus hermanitos. Sus abuelitos vivían lejos pero ellos iban todos los días, pues querían mucho a su abuelita y su abuelito. Un día le dice a su mamá: «Voy a ir con mis abuelitos». La madre le dice: «Anda con mucho cuidado». Ella le responde: «No te preocupes, mamá, que me sé cuidar».

Emprende la vía hacia los abuelos, atraviesa montes, árboles y muchos peligros, pero lo más peligroso era lo que venía. Se encuentra con un loro y le dice: «¿Dónde vas, pelusita?». «Donde mis abuelitos». Camina, encuentra una paloma y le dice: «¿Dónde vas, pelusita?». Le dice: «Donde mis abuelitos». Sigue caminando y encuentra un pajarito: «¿Dónde vas, pelusita roja?». «Donde mis abuelitos» y sigue. Encuentra un gatito que dice: «¿Dónde vas, pelusita roja?». «Donde mis abuelitos». Sigue caminando. «¿Dónde vas, pelusita roja?» le dice una ovejita. «Donde mis abuelitos». Sigue caminando. «¿Dónde vas, pelusita roja?» dice el lobo. «Voy donde mis abuelitos». «Te voy a comer» y abre la boca grandotota.

Ella se pone a correr asustada y pasa un señor con su esposa. La agarra y se la pone abrazada a su esposa. Lucha por no hacerle nada, saca un cuchillo y mata al lobo. La pelusita roja le dice: «Te gané, lobo. Tú estás muerto y yo estoy viva y me voy donde mis abuelitos. Tú te quedas muerto y te vamos a quemar».

9

MI MUÑECA ROTA

Había una niña a la que su padre le compró una muñeca. En el tiempo de guerra nadie tenía muñecas y jugaba los días con sus amiguitas. La niña era muy bonita y encantadora. Había al lado un estacionamiento de la tía Concetta y dos sobrinos que tenían una carpintería. Uno de los sobrinos era Giuseppe, alto y buen mozo, y el otro era Ciccito, bajito y alegre.

Los niños iban todos los días para ver qué muebles les hacían. Giuseppe era serio y no los miraba, pero Ciccito era juguetón y jugaba con ellos. Tenían que darle abrazos y besos y les hacía las cunitas, mesitas y dos sillitas. Hasta que un día había un gato y se lo quitó de las manos y se lo rompió. La niña lloró mucho.

10

EL FIN DE LA GUERRA

Muchos regresaron muy heridos, otros sin ropa y sin zapatos, flacos pero alegres porque habían cumplido sus objetivos: ganar la guerra por la patria con la ayuda de los militares estadounidenses.

Italia estaba destruida y sin plata, puros desperdicios. Los camiones verdes estaban en todos los pueblos, echando caramelos y chocolates, llevando alegría a los niños y niñas. Se fueron a Palermo, la mejor ciudad de Sicilia. Palermo, «*La Conca d'Oro*».

Bailaron, tocaron la mejor música y jugaron fútbol con los niños. ¡Qué alegría! Momentos de felicidad. Se bañaron en la mejor playa de Montello. La gente les llevaba comida y bebida: una verdadera fiesta.

Italia iba a pensar en la reconstrucción. Los italianos la arreglaron y poco a poco empezó la reconstrucción. Quedaron muchos desperdicios que dejaron los alemanes, que no se preocuparon de recoger todas las armas que dejaron. Al fin una Italia limpia y libre de enfermedades. «¡Viva Italia!», gritaban los militares y el pueblo los acompañaba con entusiasmo, pues los italianos no quieren guerras.

11

VENEZUELA

Un país rico en petróleo, oro, diamantes, bauxita, minerales y todas las riquezas que pudo dar Dios.

La emigración era muy grande, de todos los países del mundo. Había los indios y los indígenas y negros. Alguien cayó por la soledad que llevaban con esa gente muy mala. La gente se sentía sola. Hubo quien se llevó a la familia y hubo quien la familia no quiso ir. Esa gente la pasó mal. Las maracuchas se volvían locas por un italiano u otras nacionalidades.

Conocí varios casos y voy a decir dos muy graves. Uno se murió y no se sabe si lo mataron. Había enviado unos ahorros y llegó dos meses después la noticia de la muerte. Quedó la viuda, su madre viejita, tres hembras y un varoncito muy pequeños, que tuvieron que trabajar desde pequeños.

Otra señora de España estaba lista para viajar con sus niños, un varón y una niña. Le llegó la noticia que una mujer lo había matado por enterarse que llegaba la esposa con los hijos y lo mató por celos. La señora como estaba lista para viajar, viajó y se consiguió un trabajo en un colegio y después hacía seguros. Trabajaba muy fuerte para el sustento de la familia.

Se casó con un barbero y los hijos estudiaron. El varón hizo carrera educativa y la hembra igual. El varón llegó a rector, un gran señor. Esa fue la emigración. Hay quien ganó y hay quien perdió. Esta es la triste historia.

12

DON QUIJOTE DE LA MANCHA

El caballero andante de la vida moderna. La juventud tiene que saber esta historia por sus experiencias en su vida, con formación histórica e intelectual. Eran héroes del tiempo, médicos especialistas, héroes de la literatura.

En 1605 las publicaciones de Miguel de Cervantes se enfrentan a varias situaciones. Su vida fue la literatura y distinta de aquel tiempo, la literatura del arcipreste para las celestinas con antecedentes folklóricos que se manejaban en aquel tiempo. Don Quijote y Sancho no son el mismo carácter, tampoco el mismo estilo. Incluso con la propia literatura, Miguel de Cervantes se enfrenta con gente mal vista.

Se abordaban otros recursos y no había ningún punto de referencia. Había que estudiar las creaciones de Don Quijote para leer sus escritos originales. No parece de novela, es muy curioso y pintoresco, vestidos con ropas muy vistosas. Hay que leer las historias de aquel, con sus ideologías distantes del mundo moderno. Los cuentos de «Las mil y una noches», donde soñó mil noches y no concluyó sus sueños. Aventuras que se podían ver cómo la guerra del siglo.

Cervantes nace en la ciudad de Trento, qué se inauguró antes de nacer y se clausuró cuando tenía 15 años. Vino Ludovico en España y sus cañones todavía no estaban. Era la época del emperador Carlos V, la Campaña de Jesús y el pensamiento cristiano. Hubo la Batalla de Lepanto en los siglos pasados bajo el mando de Don Juan de Austria, que regresó del cautiverio, ausente de la patria.

Luis queda en cautiverio mientras Cervantes estaba en África, con más odio y poderío, con falsos engaños. Puede decir «Aquí está la patria mía». Luis estaba en la cárcel de la Inquisición y Cervantes en la cárcel de África. Por más que hay odio y engaños, amargados, son derrotados los soldados de Lepanto y llenos de muchos proyectos. La armada invencible que triunfa, el pirata, es que hay júbilo. Se confirma la nueva derrota y se piensa en el futuro. La experiencia de Cervantes era decisiva. Clausuró la vida de 40 años.

Los heroicos de Lepanto comienzan con Don Quijote, el caballero, y más que a hierro armado, solo levanta la fuerza a ciegas, es sobrehumano. Vencidos con mucha fe y razones, como los barcos que Felipe II había enviado a la lucha de las tempestades. Después de la tempestad viene la calma. El viento, el cielo, dice Cervantes, es la actitud heroica de Don Quijote.

La corte de la muerte, la fiesta de las bodas de Camacho, las cuevas de Montesino, las aventuras, las burlas de las cosas de los Duques. Don Quijote entra en la ciudad y asiste al sarao de las damas, viéndose obligado a bailar con ellas.

En 1569, Cervantes estaba en Roma, fugitivo de España por sus heridas. Antonio de Sigura lo condena a rebeldía, al servicio de Giulio Acquaviva que era Cardenal en 1570. Pronto se sentará en plazas del soldado, en compañía del capitán Diego de Urbina, el primo de Miguel de Moncada que se embarcó en La Marquesa.

El 7 de octubre de 1571, la armada cristiana fue comandada por Juan de Austria. Ocho años más tarde se reconoce la armada del Turco en la batalla naval. Miguel de Cervantes estaba mal y molesto. El capitán y los amigos le dicen que estaba enfermo, que se quedara bajo la cama. Responde que no, que se queda peleando por Dios y por el Rey. Le dicen que no subiese a cubierta por la enfermedad. Peleó con los turcos como un soldado.

Juan de Austria intentó terminar la batalla naval y fue herido en una mano, la izquierda, que le quedó con defecto. Cervantes curado, volvió como soldado participando en varias acciones militares.

En 1780 la Real Academia Española quiere recuperar el texto más fidedigno. John Baule, pastor de la iglesia de Edmonton, publicó en 1781 en Londres y Salzburgo acompañado de varios escritos.

Cervantes, la lengua y el conocimiento, el estudio moderno llegará a alcanzar un personaje. Las ediciones de Bruselas de 1607, de Madrid de 1636 y 1637, eran independientes unas con las otras con requisitos gráficos y románticos. Los escuderos tienen que abandonar el banquete y se les oscurece el alma por no poder comer en el banquete, la importante comida. La fiesta de Camacho sí está en las ediciones de 1605 y en Madrid en 1765.

Hacer justicia, dice el autor, guardar allí. Cervantes está jugando con la expresión de guardar el ayuno y guardar las fiestas, observar los preceptos de la iglesia. El ingenioso Hidalgo Don Quijote de la Mancha, compuesto por Miguel de Cervantes Saavedra, dirigido por el Marqués Gibraleón, Conde de Benalcázar y Bañares, Vizconde de la Puebla de Alcocer, señor de las Villas de Capilla, Curiel y Burguillos. Con privilegios en Madrid por Juan de la Cuesta.

Empiezan las antiguas vueltas, Reyes VII 1254 en las modernas y Samuel VII 1254. Las historias nombran el río Topo. Fue dicho por el Rey de España con nacimiento en el hogar y muerte en el mar. Océanos besando los muros de la famosa ciudad de Lisboa. En opinión de las arenas de oro, se trata de ladrones que dicen las historias de cacos, las de coros, las mujeres rameras con los obispos de Mondoñedo, que prestará a Lamia, Laida y Flora que tienen créditos de crueles.

La princesa Dulcinea, señora del cautivo corazón y muchos agravios. Voy a despedirme, no me reproches el rigor de los afincamientos y hermosura en su corazón que de amor carece. Veo a Don Quijote caído y enamorado, humillado de la fortaleza.

¿Qué le pareció las ventas? Para mí señor castellano, para mí cualquier cosa es buena. Lo mío son las armas, mi descanso es pelear como soldado. Nunca soy caballero de damas bien servidas, como fuera Don Quijote, cuando vino de su aldea con unas doncellas que curaban de él. Princesa de su rocín. Rocinante el nombre, señora mía, de mi caballo y Don Quijote de la Mancha, mi puesto, que no quisiera descubrirme por las hazañas hechas en vuestro servicio.

Romance de viejos de Sasporote, responde Don Quijote, porque entiendo, me duele el caso. Él viene de aquel día a las costillas, llama abadejo, Andalucía, bacalao. Dios haga a su merced muy venturoso, caballero, y le de las venturas. ¿Qué le pasó al caballero cuándo salió a la venta al alba, gallardo y alborotado? El armado caballero con gozo reventaba la silla del caballo, viniendo a la memoria para llevar conmigo las memorias y la camisa para el oficio y la escudería.

Rocinante conoce las querencias, las gracias doy al cielo, caminando con pies en el suelo. El labrador baja la cabeza y responde una palabra. Le pregunta Don Quijote cuánto le debía. 73 reales es el monto. Dígales que en el momento les pagaré. Responde el villano en el paso que estaba juramentado y que no juraba más nada. Voy a recibir tres zapatos que le di y las dos zancas. No tengo aquí dinero, venga a andar conmigo, vamos a pagar al barbero, que Sancho está enfermo. Qué daño está haciendo el señor caballero, que no tengo dinero. Mal es el año, señor Bartolomeo.

La desgracia del caballero, oh noble Marqués de Mantua, mi tío y señor carnal imperante y la esposa, con el amor del hijo del emperador. Señor Quijana tengo que llamarle cuando tenga juicio. Sosegado con los caballeros sigue con el romance. A todos a los que les pregunta, a Don Rodrigo de Narváez y al Marqués de Mantua o Pedro Alonso, mis vecinos, vuestra merced no es Valdovino ni Abindarráez, sino el honrado Hidalgo del señor Quijana. Yo sé quién soy, responde Don Quijote, y sé que puedo hablar con 12 pares de Francia.

Sepa señor maestro, Nicolás es nombre del barbero, leyendo libros de aventura de día y cada noche. Así anda el señor Reinaldo Montalbán, el caballero de la Cruz, espejo de caballería. La segunda salida de nuestro caballero Don Quijote de la Mancha, del mejor suceso muy valiente Don Quijote, estuvo en las aventuras de los molinos de viento. Ya son 23 que dice la gente que le gustan sus aventuras. La discreta razón, yo pasaba con su amo de las aventuras, que pasó con cuerpo muerto y con acontecimientos nuevos.

Soy caballero de la Mancha, llamado Don Quijote. Si no le satisface, quiéralos con facilidad, será vuestra merced la libertad que dio Don Quijote a muchos desdichados. Por el mal de sus grados los lleva donde quiere, quedarse con el barbero por servir a los soldados. ¿Qué le acontece al famoso Don Quijote? En Sierra Morena, que es una de las mayores aventuras de este caballero verdadero, cuya historia se contará.

O le falta amor o conocimientos, le sobra crueldad o penas, que trata a los extraños. ¿Qué es Sierra Morena? Que suceda al valiente caballero de la Mancha y de las invitaciones que hizo penitencia. Beltenebros, soberanía y altas señoras, la gélida ausencia ha llegado al corazón de la dulcísima Dulcinea del Toboso.

Te envío la salud que él no tiene. Tú eres hermosura que me desprecia, que tu valor en pro de tu desdén y mi afianzamiento mujer, que yo sea azar sufrido por tu corazón. Sosténgame en su cama, valiente compañera, manténgame duradero. Mi buen escudero Sancho te dará entera relación, bella e ingrata, corazón amada, enemiga mía. En el mundo de las luchas y de las causas, ver si te gustaría, amada mía, si no, termina mi vida. Haré sacrificios y tú serás cruel siempre a mis deseos. Así sigo hasta la muerte.

El caballero de la triste figura, árboles, hierbas y matas que en este sitio están tan altos y verdes. Eres mi mal, eres. Escucha mi lamento, sanas mis dolores. No te aborrezco, amor, aunque terrible seas, un pájaro eres. Don Quijote llora la ausencia de Dulcinea del Toboso y aquí, el lugar donde está la amada mía, leal a su señor se esconde y ha venido a muchos mal. Sin saber el corazón, el amor es de mala espina, así hasta el pipote.

Aquí llora Don Quijote la ausencia Dulcinea del Toboso, que anda con el corazón en busca de las aventuras. Por duras penas, maldiciendo a los extraños y para con riegos y con penas, halla tristes aventuras. Amor con azote, con las plantas compañeras, rogándole al corazón. Aquí llora Don Quijote la ausencia de Dulcinea del Toboso.

Malos escritos calmaron con sus intenciones. El cura y el barbero son otra cosa, dignos de que se cuente en esta humilde historia que trata cosas nuevas, agradables y mezquinas. El cura y el barbero sacuden hasta las sierras que tienen, discreciones de la hermana Dorotea, otra cosa de gustos y pasatiempos. Se trató de mañosos artificios, de órdenes. Enamorado caballero de la esperanza, penitencias que hizo por ser perdonado, de la sabrosa comida no me invita.

Razonamiento que pasa por la fontana, Don Quijote y Sancho Panza, es escudero de la nación y soldado impertinente que salvaron a la gente. ¿Qué pasa? ¿Qué sucedió a la gente y la razón? Las cuadrillas de Don Quijote hasta que cuentan las novelas del soldado impertinente. Aumenta el dolor a la gente y termina la impertinencia, aumenta la vergüenza a Don Pedro. Por el día que se postra el santo no hay nadie. Se avergüenza de sí mismo, por ver al pecador con su magnetismo con pechos de vergüenza. No solo de moverle el mirador, qué desvergüenza. ¡Ay, corazón! Se mueve a ser un mirador que se avergüenza al mirar que está en el cielo y la tierra.

La mujer implicada no se mueve, no se toca y no se ve, con su máscara que lleva para no mirar el corazón. Es mejor que se levante y la cordura se ponga. Hay peligro de romperse, lo que me duele en el corazón es la opinión que estén todos con razón de puntos. Que si hay Dánaes en el mundo, hay lluvias de oro y que llora el corazón. Busco la muerte y la vida, la opinión y la libertad, las cerradas salidas con el traidor. Leal con la muerte de que jamás esperas algo de bien, con el cielo y con sus estatutos, lo imposible aún más de donde están las novelas del curioso impertinente.

El silencio de las noches cuando en el dulce sueño de los mortales y los pobres, cuentan los ricos impertinentes que no quieren a la gente. Cuando el sol se va, se pierde por la rosada con los suspiros orientales, con suspiros y acentos desiguales. Hay las antiguas querellas renovando los presentes y cuando el sol es estrellado, haciendo rayos en la tierra, el llanto crece y los gemidos en el mortal encuentro. El cielo es sordo y no tiene oídos. Yo me muero, no me cree. Es más, cierro mis ojos a morirme y como es cierto, vuelvo al olvido y puedes verme.

A los olvidos, vidas y glorias desiertas, hoy pondrán en el pecho, muertos como hermanos. El rostro está esculpido en el desierto. Hoy si ves mi pecho abierto, con hermoso rostro que está esculpido en las reliquias, con el duro trance me amenaza y me porfía. Que te dé fortaleza aquel que navega, que amenaza y que porfía tu misma fortaleza, aquel que navega con el cielo oscuro por mar y cielo, peligrosa vía donde es norte y es puerto. Tiene que buscar descomunales batallas, que Don Quijote espera con cuero y vino tinto, y con gran suceso que vende y lo sacude.

Donde vienen las historias de la famosa infanta Micomicona, con astros, graciosa aventura que ablanda el corazón. En esta tierra estéril, derribó estos terrones por el suelo el alma santa de tres mil soldados. Subieron con vivas y mejores moradas, siendo primeros en vano que ejercen con la fuerza su trazo esforzado hasta el fin. Es poco, cansado, tiene la vida al filo de las espadas. Este es el suelo amado que ablanda el corazón.

Mi memoria es ciega en los pasados siglos, presentes en el corazón mejor prestigio, esperar que sus duros senos abran el claro cielo. Almas subidas al cielo, aún él sostuvo cuerpos de valientes que buscan las buenas gentes. Lo que sucedió un día muy lejano, la venta de otras gentes, muchos dignos de saber. Dulce es mi esperanza, rompiendo la maleza que sigue la firme vía. Tú mismo te enderezas, desmayas al verte a cada paso juntos y de tu muerte no alcanzarán perezosos, honrados triunfos sin victorias. Algunos que pueden ser dichosos, los que contrastando esto y la fortuna llegan a entregar desvalidos el ocio, blandos con todos los sentidos, el amor y su gloria vengan con cara a la razón.

Cuando vienes no hay contrato justo. No hay mejor prenda que la del corazón, quilate al 800 por sus gustos. Y quien manifiesta no estima que pocas cuentas amorosas porfía, tal vez alcanza el firmamento, imposible seguir porque templa el corazón. Tal vez alcanza el cielo con la mía y del amor un día, dificultoso el efecto con tanta voz que Don Quijote dio, abriendo de puerta en puerta las ventas para rendirle el corazón.

Donde se termine la averiguación, dónde dieron madrinas de la albarda otras aventuras, mas sucedió toda la verdad. Qué le parecerá a vuestra merced, señora, dijo el barbero que afirmó esto. Gentilhombre aún porfía que está en el pasillo, señor Belmo que trató de convencer al cabrero en todos los que llevaban al valiente de Don Quijote, los académicos de los organillos y del soldado prepotente.

La vida y la muerte se dan la mano y valeroso Don Quijote de la Mancha, el calvatrueno que adornó a la Mancha, con despojos que pasan de Creta el juicio de las veletas agudas, fueron mejor anchos el brazo de las fuerzas. Tanto ensanchan que llegan del Catay hasta Gaeta las musas más horrendas y más discretas que grabó versos en broncíneas planchas y que colas dejó los Amadises. Es muy poco, a Galaores tuvo estribando en su amor y bizarrías, el que hizo callar a los Belianises, aquel que en Rocinante errando anduvo, yace debajo de esta losa fría.

Esta que ves, el rostro amondongado, alta de pecho y además brioso, en Dulcinea reina del Toboso, de quién fue el gran Quijote aficionado. Pisó por ella uno y otro lado de la gran Sierra Negra y el famoso soldado en campos de Montiel, hasta el hermoso llano de Aranjuez, a pie y cansado por culpa de Rocinante. ¡Oh, dura estrella! Y esa manchega dama te invitó andante caballero, en tiernos años ella dejó muriendo escritos, no pudo oír de amores con ira y engaños, de caprichosos y discretísimos académicos de las argamasillas, en loor de Rocinante, caballo de Don Quijote de la Mancha.

Fe de erratas: vi este libro intitulado Segunda parte de Don Quijote de la Mancha compuesto por Miguel de Cervantes Saavedra y no hay en él cosa digna de notar que no corresponde a su original. Data en Madrid el 21 de octubre de 1615.

Aprobación por comisión y mandatos de los señores de los consejos y hecho ver el libro contenido en este memorial, no contiene cosa contra la fe ni buenas costumbres. Antes el libro de mucho entretenimiento lícito mezclado de mucha filosofía moral puédesele dar licencia para imprimirlo, en Madrid el 5 de noviembre de 1615.

Aprobación y mandato de los señores del Consejo. He visto la segunda parte Don Quijote de la Mancha por Miguel de Cervantes Saavedra y no contiene cosa contra nuestra santa fe católica ni buenas costumbres, antes mucha y honesta recreación y apacible divertimiento que los antiguos juzgaron convenientes a sus repúblicas. Aún los severos de los lacedemonios levantaron estatuas y risas, y los de Tesalia le dedicaron fiestas, como lo dice Pausanias, referidos de Bosio, libros *De signis Ecclesiae*. Alentando ánimos marchitos y espíritus melancólicos.

De qué se acordó Tulio, en el primero *De legibus* y el poeta, diciendo «*Interpone tuis interdum gaudia curis*», lo que hace el autor mezclando las veras bulas, lo dulce y lo provechoso y lo moral a las facetas, disimulando en el cebo del donaire, el anzuelo de la reprehensión de los libros de caballerías. Pues con buena diligencia mayormente ha limpiado de su contagiosa honra el ilustre de nuestra nación, admiración y envidia de la extraña. Este es mi parecer, salvo en Madrid el 17 de marzo de 1615.

Aprobación por comisión, Sr. Gutiérrez de Cetinos, Vicario General de esta Villa de Madrid, Corte de Su Majestad. He visto el libro de la segunda parte, Ingenioso caballero Don

Quijote de la Mancha, tiene el privilegio por su parte de Miguel de Cervantes Saavedra, no fue hecha relatación que haya compuesto la segunda parte de Don Quijote de la Mancha, de la cual hay presentación por el libro de historias. El Alcalde de las Casas y Corte, Cancillería y otros cualquiera, justicia de toda la ciudad, villas y lugar de nuestros reinos y señorías y cada uno en su jurisdicción a los que ahora son como que serán de ahora en adelante. Que guarde y cumpla está nuestra célula que hacemos contra ellos, no pase de ninguna manera penas a nuestra merced de diez mil maravedí por la nuestra cámara. Data de Madrid, 30 días del mes de mayo de 1615 años. Yo, el Rey. Por mandato del Rey, nuestro señor Pedro de Contreras.

13

LA HISTORIA DE UNA FAMILIA QUE NIEGA EL DERECHO DE NACER

Había una familia rica y poderosa en 1753, compuesta por padre, madre y dos hijas. El padre era muy poderoso y soberbio y una de las hijas se enamoró perdidamente de un hombre que no era de su condición. El padre por su soberbia no quiso saber nada de ese amorío y no quería que la hija tuviese hijos. La muchacha desobedeciendo al padre tuvo hijos, ayudada por su nana.

El padre dio órdenes de desaparecer al niño y habló con un trabajador obediente y esclavo. Cuando la nana se durmió, él se llevó al niño para dejarlo a la deriva. Enseguida se despierta la nana, se da cuenta que no está el niño y cómo enloquecida se va a la calle. Se topa con el señor y discuten los dos. La negra le promete que nunca sabrán ni de ella ni del niño.

Ella va y encuentra al hombre que tenía al niño y que ya lo había puesto en un matorral, lo abraza y se lo lleva. El amo le había dado algo de plata para sustentarse los primeros meses. Ella caminó hasta que se le hicieron llagas en los pies, llegó a un ranchito y se puso adentro. Empieza a buscar trabajo en el pueblo, de lavar y planchar, y lo consigue. Era un trabajo que hacía cuando el niño dormía y así empezó a comprarle ropita y zapaticos.

El niño era feliz: los primeros pasos, la escuela. A veces eran muchos los gastos para comprar unos zapatos y él se iba a la escuela con zapatos rotos. Un día, otro niño lo agarra, le pega fuerte y lo bota en el barro, de donde se levanta bien golpeado. En ese momento pasa un señor muy elegante y simpático, al cual se le cae la cartera. El niño lo ve y se la lleva.

El señor agradecido le quiere dar un billete, pero él no lo quiso, diciendo qué mamá Dolores no le había enseñado que les daban recompensas. El señor agradecido le preguntó dónde vivía y le dijo que en un ranchito. El señor fue en la noche a visitarlos y la negra estaba agradecida con la visita de un rico a un ranchito. Él les dice: «A partir de hoy todos los gastos de este niño corren por mi cuenta, ya que quiere estudiar medicina». La negra le dice: «me gustaría abogado» pero el niño insiste en medicina. Pasaron los años, el muchacho crece y estudia, siempre vestido elegante.

Mientras tanto, en la casa del rico había fiestas. Las hijas no querían bajar pero les dijo que tenían que bajar o si no les pegaba. Una noche fue el benefactor del muchacho, quien era amigo del padre. Invitó a bailar a una de las hijas y después de esa noche iba a visitarla. Se enamoró de ella, pero ella le respondió que ni con él ni con ninguno se casaba. Una noche ella le confió su secreto. El hombre se conmovió y se dio cuenta que se trataba del mismo niño y la misma negra.

El muchacho se hizo un médico de primera, pasaba sobresaliente. Como se hizo un médico de fama, todos los ricos lo llamaban. Un día el rico que era el abuelo lo llamó y fue constantemente. Era bien recibido y se creía que estaba al par de ellos. En la casa vivía la nieta que se enamora de él locamente y él de ella. Le confía que no tenía apellido, pero ella le contesta que no le importaba.

Un día estando de visita el benefactor, empieza a decir el abuelo que él no estaba al par de ella. La nieta le insiste que no le importaba y el benefactor está de acuerdo con ella. Se hicieron amigos entre todos, incluso la madre del muchacho que se hizo monja. La sobrina la iba a visitar y le decía que el abuelo no quería que se casara con el doctor. La tía le respondía: «Busca las respuestas en tu corazón».

Albertico le envía un ramo de flores y la tía le dice a la sobrina que aquel gesto era de mucha importancia. Él un día quiso conocer a la tía, le dijo que no tenía apellido y la tía lo miraba. Él sigue yendo a casa del abuelo y él quiso conocer su casa. Cuando se da cuenta que era la misma negra que se llevó al niño, el hombre hizo esfuerzos y habla con ella, reclamándole varias cosas. Ella le dice: «El nieto que usted mandó a botar salió de la casa».

Tambaleando, llega afuera y se desmaya. El chofer lo recoge y lo lleva a su casa. La esposa no sabía nada y llama a Albertico. Él ya sabía que era su nieto pero no podía hablar. La monja va a ver a su padre, pero es imposible que su padre hable. Va a ver la casa y se encuentra con su nana. Le reclama que en todos estos años nunca la buscó, pero la nana se defiende, le dice que miente, que ella pasaba trabajo y que ella tampoco la había buscado. Durante esa discusión entra Albertico, se da cuenta que es su madre y las abraza a las dos.

Albertico se casa con la nieta del rico. Tuvieron un hijo y los dos dicen que no se puede negar el derecho de nacer.

14

ITALIA, PAÍS DE EMIGRANTES

En 1652 empieza la emigración en todo el mundo. En aquel momento no había comunicación, solo había palomas mensajeras. Había tren a carbón, calles de tierra y vías de tierra. El agua se sacaba del pozo y era de lluvia. La vegetación era mala, no había químicos, no había industria, solamente alguna fábrica de pasta. El comercio tenía muy pocos productos, solamente lo que el suelo producía.

Había marqueses y condes enriqueciéndose con los pobres. Eran los españoles los que se beneficiaban hasta que todos se cansaron de vivir como esclavos y se rebelaron. Hubo las Vísperas Sicilianas: a última hora del día salieron hombres, mujeres y niños, diciendo la palabra *«ciciri»*. Quién no la sabía pronunciar, afuera. Al fin Sicilia quedó sola con su gente, quedó un marquesado y habían grandes personalidades que mandaban en los pueblos. Los ciudadanos luchaban para sobrevivir y era el mundo de los desiguales.

La religión era de Cristo, católica. Todos los curas salían de Cefalú y las mujeres usaban mantilla. Se festejaba la fiesta de las vírgenes en todos los pueblos y había la iglesia de Jesús que la construyó la princesa Lucrecia Millaccio en el siglo XVII. Existía confraternidad y había un Calvario en todos los pueblos, un camposanto en el que botaban los muertos sin nada desde arriba. Había mucho abate y son muchos para nombrarlos.

Había gente ilustre y grandes academias en Palermo:

- Doctor Giuseppe Millaccio
- Ignacio Valturo, condenado a muerte
- Sacerdote Doctor Andrea Pascuale, un gran teólogo
- Monseñor Mercurio María Teresa
- Abate Cipolla, confidente del Rey
- Obispo Monseñor López
- Doctor Gaetano Salemi
- Monseñor Andrea, médico del ejército Napoleón
- Fernando III
- Abate Ignacio Salemi.
- Arcipreste Sicata
- Abate Moscarella, el adiós a Venecia y juez cónclave
- Padre Cipolla, capuchino predicador
- Profesor Eugenio Salamine, sobresalía con su personalidad
- Padre Alfonso, era turco
- General Cipolla, tuvo mucho amor a la patria

- Doctor Marchesano, su carrera de la medicina
- Monseñor Saeli, se fue a Nápoles y a Roma para dar enseñanza a los demás, era un poeta nato
- el sepulcro del Doctor Siragusa.

También hay muchas memorias muy dolorosas, como el cólera en Sicilia. En India y China empezó esa peligrosa enfermedad. El Padre Clares hizo la promesa de ser el último en morirse. Desapareció el cólera y regresó en 1867, duró poco.

15

BATALLA DEL VOLTURNO

En la batalla del 20 de agosto de 1860, quedaron los mártires. Después que cayó Napoleón, Italia se dividió en pequeños estados y entró en la miseria. La patria de Dante, de Colón, de Galileo, de Raffaello, de Bellini, todos hombres ilustres. Los héroes de la independencia italiana, los hijos de Italia, muertos, pobres y míseros. Palermo estaba con el peor gobierno borbónico y no podía tener libertad.

El Rey Vittorio Emanuele II, el más grande de la época, vio toda esa batalla. Martín Gaeta, costosa Roma. Pío IX, el juicio que se le da a él en Europa donde todos los periódicos lo felicitaban. Garibaldi, hombre fuerte de Francia, su existencia gana todas las guerras. Padre Giovanangelo, mártir de la Ganea.

Hicieron un comité con el dictador Giuseppe Garibaldi, comandante y jefe general, capo fuerte nacional en Sicilia.

Durante el reinado de Vittorio Emanuele II, Italia tuvo muchas revueltas, sobre todo en Sicilia. Revolucionario es el pueblo pasando hambre. El 5 de agosto los ciudadanos pelearon con los burgueses por las tierras y varios fueron fusilados. Garibaldi envió en su representación a un funcionario de las ricas familias.

La gloriosa policía el 20 de agosto de 1860, tenía mucho odio con políticos improvisados. El noble pueblo de Sicilia sobrevive a la miseria. El sacerdote Calogero es Magio Di Giovanni. A los propietarios les fueron entregados tierra, melones y vino. Cancelaron el pacto con un Dios de sangre.

El día de la sangre, todo estaba callado y con amenaza de muerte. Un día fatal. ¿A dónde va toda esa gente? Es una destrucción de cada lado. Si ves muerte, es Satanás. ¡Oh creador, pon tus manos!

Nerón veía en Roma lo sucedido. Las víctimas fueron el cura Stefanino il Calabrese, Giovanni Magio, el cura Gaetano Battalla, Giuseppe Saleme, arquitecto Filippo, Vincenzo Saleme, Andrés Cutrona, Antonino Girafisi, Angelo Graziano. Todos estaban en agonía y el Padre Giovanni Magio tiene grandes heridas. La nieta le besa y corre. Giovanni miró a los asesinos y lo fusilaron.

Los honorables Cicerón y el cura Gaetano Battalla fueron fusilados. El padre Battalla era de la congregación de María SS. del Carmelo y en el archivo se encuentra Gaetano Battalla, los excelentes de la Inmaculada Concepción, presidente de la confraternidad de Monte Carmelo, confesario y ordinario. Onofrio Sapienza, acuchillado. Giuseppe Saleme quedó muerto (1854-79). Morriales, Benedetti, Nescu, Salemi.

Peppi no sabía defenderse, hizo el primer golpe las NN. y después Catalano. El señor Salemi está armado de sangre. Arcipreste G. Licato, Hermano Filippo, Arcipreste Calogero Licata. La madre Iglesia rezaba por todos. El reverendo Licata y el sacristán eran todos unos infelices, esa era su aventura.

Biagio Valvo, en aquel día sangriento con Meri, le tenía odio al ministro de Dios. Mira a los asesinos, se acuesta encima de la paja y dice: «Dios mío, qué feliz estoy en esta cama». El hermano le dice que debe tener coraje, pues esto no será siempre.

Vincenzo Salemi, otro delincuente, se aleja de la sangrienta campaña. Su esposa agarra a sus niños y los abraza; tiene miedo, abandona la familia y corre para salvar a sus niños. Se van al río donde nadie los ve. El marido se avecina al patíbulo, los ojos en el aire. No sabe cómo hacer para salvarse de la muerte, el corazón le late, todos lo abandonaron con dolores mortales, tiene fiebre y frío. Vincenzo está cansado y apoya la cabeza en el árbol, donde se encomienda al destino. Un asesino le va al encuentro. Grita: «Sálvame la vida, María Inmaculada. Mi hermano, salva a mi hija, mi esposa y mi madre. Sálvame». Cae al piso y no sabe qué lo mató.

Andrea Cutrona y Antonino Girafisi. Andrea Cutrona se va al campo para no encontrarlos, lo sigue y los mata. A los señores Dioguardi, Sciolino, Riili, Licata y Panzarella los pone en el hueco. Buscan destruir familias, todo está perdido, pero los ojos de Dios no abandonan. De pronto el jefe del Capitán Stefano Scuasa ve a los pobres de la milicia. Marcharon en el agonizante pueblo, el Peratolo. Los pusieron en las paredes del Padre Gialombardo, en casa de Gilantomor.

¿Por qué este martirio patrio? Como el martirio cristiano, es lo más grande. ¡Viva Italia! Ayuda a los hermanos pues todos eran honestos. De la desesperación a la esperanza, se reúne el consejo de guerra y los revoltosos son condenados a muerte en un juicio.

La sentencia, en nombre de Vittorio Emanuele, Rey de Italia, el 21 de julio de 1800. Con los señores Stefano Scuasa, Capitán comandante de la colonia móvil; Agustino Quatroochi; Capitán Lucio D'assaro; Teniente Giuseppe Palmesano; Sargento mayor Biagio Raimundo Caporale. Con intervención del lugarteniente, señor Rosario Bálsamo, autorizado abogado fiscal, con asistencia del lugarteniente señor Girolamo Eunice, autoriza al canciller para buscar a los nombrados: Giolino Valenti, Filippo Gerace, Leonardo Gialombardo, Maestro Antonio Parisi, Giuseppe Gullo, Giovanni Patti, Biagio Gioia, Carmelo Lombardo.

Todos de Sicilia, Montemaggiore Belsito, acusados de hacer estafas y ser matones del cura Stefano Maggio, Giovanni Maggio, Gaetano Battalla y Antonino Girafisi.

16

NOVELA JULIETTA Y ROMEO:
HIJOS DE DELINCUENTES

Esto pasó en el pueblo de Alia. Había un señor rico y su primo que quería a Julietta, pero ella no lo quería. La madre le decía que era un buen partido y ella le decía: «No quiero a Gaetano».

Julietta un día se enferma y con un ramillete de violetas en las manos, da la última mirada a Romeo, el último suspiro y se muere. Romeo queda desesperado el último domingo de Carnaval, con la belleza Julietta. Con su cabeza apoyada en un muelle, estaba muy triste Romeo, estaba con los ojos fijos en el piso, respiraba que le salía del alma. Se preguntaba por qué el amor es así.

Con el nombre de Romeo en los labios, el nombre lo repitió cada momento. Sueña y se levanta del piano cansada, con los ojos en la luna empieza a cantar:

«Grave es mi corazón, la paz quiero de Dios. Quiero encontrarlo en vida y no puedo nunca. La tumba enfrente de mí es todo un llanto. La tierra no es mía, es una funesta demencia. La pobre cabeza en la ventana mía, el sol para verlo sola con mi techo, con su preciosa cara, con mágico poder».

Como el alma dulcemente lo mira en la ventana. Con mucho cariño se levanta el corazón, se lleva la mano al pecho con beso de morir y se pone a llorar. Se reanima un poco y canta el Ave María. Quería cantar y no podía, se abandona en el sofá. Se puso a tocar el piano y no podía. Contempla la luna, esa sin piedad de su pasión.

Su madre está en la puerta.

«Julietta, ¿por qué sola, siempre sola?».

«Madre mía, soy infeliz. Los días más bonitos los paso triste».

«Hija mía, la vida es una sola. Tienes que seguir la rutina de la vida como hicieron nuestros padres, que hemos vivido como los delincuentes que fuimos y seremos hasta la muerte. Usted no se abandone.

Romeo llegará de un momento a otro, pero no va a dejar a su madre sola por ti. Está muy enferma y no puede caminar. Vive en un pueblito pequeño, una aldea se puede decir, donde no hay nada, ni comida, ni agua. ¿Cómo la dejas sola?

En comparación nosotros vivimos muy felices. Tenemos comida, agua, buen vestir. No te falta nada, completamente nada. Hasta la iglesia la tenemos cerca, buenas playas, montañas buenas. Tenemos muebles y hasta un piano y un hombre que te enseña a tocar y cantar. Tu padre es un gran delincuente que roba a los demás para darte buen vivir. Así que anímate Julietta, tendrás que casarte con Gaetano y como nosotros te daría buena vida».

«No lo quiero y me casaré con Romeo. Madre, te necesito, ven, debes confortarme. Estoy triste y sola, quiero que me acompañes».

«Hija la felicidad está en ti, no tienes que sufrir».

«Desde hace tiempo tengo hielo en el corazón, no tengo coraje de tanto sentimiento. Por mucho amor que tenga, no hay cura para el amor. Se bañan de lágrimas el alma y el corazón. Madre, soy infeliz, tengo tiempo que no veo a Romeo».

La madre le dice:

«A tu edad la vida te sonríe. No consigo la causa de tu infelicidad, dime qué tienes. ¿Por qué sufres?».

«El año pasado cuando estaba en la playa, mi papá me echó muchos cuentos, era desventurado y tenía sus penas, mas me sentí triste en el corazón. No tuve la fuerza de amar».

«Levanta el ánimo y serás feliz, tu primo te dará buena vida».

«No lo quiero» era la respuesta. «Quiero a Romeo».

Romeo le da el primer beso a Julietta. Se voltea porque ve una sombra, pero nada, era un perro. Se va a la playa y se regresa. Ve en la oscuridad una sombra y se acerca, era

Julietta, allí esperando al ángel de su consuelo. Pronunciar un nombre en la oscuridad: Julietta, Romeo, te amo...

Se acercan a la habitación. Buscan una lámpara con aceite, una mesa y se sientan frente a frente. El joven de ella amado estaba allí, mirándola en la oscuridad. Julietta le dice:

«Hace mucho tiempo que llevo tu imagen en mi corazón. Todo me fastidia cuando no estoy contigo, te amo demasiado».

«No puedo alejarme, estoy triste».

Ella responde:

«Desde aquella noche no te he visto».

«Mi madre está enferma, tuve que estar al lado de ella y ahora está bien».

«Háblame de ella, dime si ella es feliz».

«Mi madre no es feliz, no es como tantas señoras felices. Vive siempre triste y sacrificada a los grandes cariños. Esa es la batalla continua de la vida. Se cae sin fuerza por el calor».

«Tu mamá, Romeo, se merece el consuelo del gran dolor».

«Este es mi sueño, ver a mi madre feliz. Somos hijos de mafiosos. A veces le veo una sonrisa en la boca de mi madre, pero después rápido se desaparece en la batalla y continúa la vida. Uno se acostumbra a los comentarios, pero esta es la vida, Julietta. Mi madre es muy buena y quiere que yo sea feliz, todos bajo un solo techo, viendo por la ventana de su cuarto su rostro».

«Hazlo por tu madre. Sus grandes dolores, consuélala».

«Este es mi sueño, Julietta. Tal vez es tu amor que me empuja. Tenemos que ver el sacrificio de la grandeza de un amor. Mi mamá es una mujer simple, pero respetuosa. A veces me estalla la esperanza, pero después veo los ojos de mi madre que me mira con afecto. Cuánto mayor es el peligro, más calor hay en la familia, Julietta. No quiero vivir lejos de mi madre, es muy buena, yo no quiero dejar a mi madre con sus grandes dolores».

Mientras, se oye un ruido de pasos muy sigilosos. Era el viejo escudero que iba a ver los caballos y después se regresa a dormir. La presencia de aquel señor pone perspicaz a los novios y se despiden. Son días de carnaval. Le dejó así temprano, le estrecha la mano, un abrazo, el corazón les late. Romeo está en la calle y la abraza con pasión.

Suena el toque en la puerta. En la mesa están las obras de Mazzini cuando entra Eugenio, su mejor amigo, con la cara muy turbada.

«¿Qué te sucede? ¿Por qué estás así?» dice Romeo.

«Los telegramas de África son una terrible catástrofe, muchos muertos, gente sacrificada, el fin del mundo. La empresa africana es funesta, nadie hubiera visto tanto desastre».

La cuna de la ciencia: Ptolomeo, Aníbal y Escipión, la ciudad de Menfi, de Cartago a Alejandría. Hasta que en su sueño tuvo la copa de César, todo un monumento como héroe y mártir. Italia llora, África no se ríe. Segati, Dogali, Amba

Alagi, Machale, Adria. Muestra a los bárbaros que quieren la sangre de Italia: Menelik, Maconen, Mancascio, Res Alula. Gente salvaje confiesa que quiere la sangre de Italia y de los hijos de Italia.

Llevan los genes de los padres y son sus descendientes. Llevan las águilas de Campidoglio y vuelan todos al Ártico. Supieron domar a galos, germanos, cimbrios, escitas y cartagineses. Pueblo fuerte y poderoso que pliega sus rodillas. Fueron a arriesgar su vida, combatiendo con todas sus fuerzas a los enemigos. No pudieron y murieron. La compasión es vil y deja mucho afecto en el corazón de los italianos. Qué dirá Europa, agitada de sentimientos diferentes.

«Eugenio, los griegos fueron gloriosos. Pobre Italia, Eugenio. Italia, la cuna de la civilidad y la primera en el mundo, no se lo merece. En los últimos tiempos con tanta guerra y desigualdad, los tantos telegramas que vienen de África. Por ella morir, deja heredera de civilizaciones y amores a los italianos. ¿Qué dice Europa? Que es la cuna de oro.

Los griegos fueron Gloriosos por 300 espartanos que cayeron en Termópilas. Italia conserva el sucio recuerdo de los muertos de Novara, Ceferina, San Quintino, Custoza. Napoleón dice que son valerosos los italianos que murieron con las armas en la mano hacia las pirámides. En Rusia asesinos, Waterloo, Francia, varios recién llegados de Sudán registran varias páginas. Gloriosa Pompeya, Mario y Sila, Aníbal y Amílcar, Temistocles y Arístides.

Valerosa en la pérdida y la victoria fue Italia. Hay razones detrás de tanto trabajo duro y grandes delincuentes. En cambio, Italia tiene grandes héroes, soldados, víctimas, mutilados. Van a llamar como grandes héroes a las víctimas de los alemanes, sufrieron la felicidad del continente africano negro y lucharon por el bien de Italia. Morir por la patria. Allí está la tumba, aunque la vida de la inmortalidad, la historia lo dirá, los volúmenes vivirán en las inmortales páginas de Cristoforis, Toselli, Galliani, Da Barmida, Arimondi.

Miles y miles mueren con el nombre de Italia como su última palabra. ¡Viva Italia! Los que estaban graves morían con el nombre de Italia en la boca y en su mente».

«Romeo, ¿al terminar la guerra vas a ir donde Julietta?».

«No puedo vivir lejos de mi Julietta».

Julietta le escribe una carta que dice:

«Yo estoy triste, melancólica y con el corazón muerto. Paso las horas en llanto, melancólica, muerta por dentro y sin esperanza. Cerca del sol te vi galopando, con esperanza para mí de verte en la puerta. Galopando en un caballo blanco, así lo recuerdo. También recuerdo una jaula de oro, con luces claras, frío y tinieblas. Los astros que brillan, estrellas brillantes, todos me rescatan y me llevan al firmamento. Es caliente, mi corazón es feliz y se alejan los malos sueños.

Partiste Romeo, me dejaste sola con mi tristeza. Me conforta el corazón recordando tu eterno amor. Suenan las campanas alegremente, un canto de ángeles a tu salida. Fue grave, hasta la luna se oscureció. ¿Cuándo nos veremos? Acuérdate de mí.

Mi padre y mi madre conocen nuestro amor, cuánto nos amamos. Ven rápido mi corazón».

Romeo termina de leer, llora incansablemente y dice:

«Bella criatura, no es poco tiempo que me alejé de ella. Todavía palpita en mi corazón el hombre. Si toma el vino y hace que no quiere embriagarse, el amor, la naturaleza del fuego, una llama se enciende, un amor que no abandona. Mi corazón en llamas que no se apaga y empieza a responder antes personalmente. Oh, amor mío, leeré la carta muchas veces, las lágrimas avanzan lentamente».

Julietta le dice:

«Saldré otra vez de viaje. Sí, soy hija del delincuente y tengo que seguir a mi padre, en las buenas y en las malas. Todo está en las manos de Dios».

Cuando se alejaba, Romeo se acuesta y dice:

«Julietta, déjame una gota».

«Te lo dejo. Moriremos juntos, mi amor. Un beso de muerte».

17

HISTORIA DE UNA MUJER ENGAÑADA POR UN SEÑOR SIN ESCRÚPULOS

Francesco hizo el servicio militar obligatorio en Trieste, donde conoció a una señorita rica y sin ningún escrúpulo la enamoró. Ella se enamoró del forastero, que era muy vanidoso. Ella le dijo al padre y él le respondió que no quería, que era hija única. Ella insistió y el padre le dijo: «Si te vas con ese forastero, no regreses».

Cada palacio que veían, ella le decía: «¿Es este?». Él respondía que no, que era mejor, más alto y más bello. Hasta que llegó al pueblo de Alia, un pueblo muy bonito que tiene llanuras y montañas, pero se la llevó a una zona fuera del pueblo, muy pobre.

Cuando entró en la casucha, era tan pobre y con una cama pequeña con colchón de paja, una cocina qué era un fogón a leña, negra y sucia. Pobre Doña Oiola, no tuvo cómo quejarse y se quedó tranquila con el amor de su vida.

Él nunca pensó que su padre la iba a echar de la casa, pensaba que iba a gozar de la riqueza y se equivocó. Cuando el padre la echó de la casa, ella se llevó ropa y pinturas de señorita de lujo. Se las ponía para cocinar, lavar e ir a llenar agua. Pero toda la gente la criticaba cuando salía afuera. Él se iba al campo y la dejaba sola, llegaba sucio y con los zapatos llenos de tierra.

El piso era de tierra, un verdadero desastre, pero a ella lo único que le interesaba era el hombre que la quería y del que ella se había enamorado. No había paso atrás. Cuando iba a llenar el agua a la hora que los muchachos salían de la escuela, le gritaban: «Doña Oiola con tres canola, uno te baila y dos te suenan».

Se iba haciendo vieja y arrugada, pero siempre con su vestido de lujo y su pintura. Nunca se quejó. Esa es la conclusión: una mujer verdaderamente enamorada así. Ni pensarlo, que una mujer enamorada se sometería a tanta mala vida y necesidad, que pudo soportar por amor. Siga el ejemplo la juventud, si verdad está enamorada.

18

LOS HOMBRES NO LLORAN

El corazón de un hombre tiene que soportar en silencio todos los amoríos y sentimientos negativos. La mujer no entiende de sentimiento, sabe que tiene que vivir bien y no quiere trabajar, ni hacer oficio de la casa y menos comida. Va a comer en sitios de hamburguesa y perro caliente, enseña a los hijos a comer ese tipo de comida y crecen que no quieren hacer nada. Mucha vagabundería.

Si ves en la calle un muchacho sucio, pidiendo, es por mala educación de los padres. Toma drogas, que eso es lo peor, o roba. ¿Es preciso llegar a una situación tan deplorable? Hay que hacer entre paréntesis: no todo está perdido. Hay muchas familias muy buenas, trabajadoras, que enseñan a los hijos a estudiar y trabajar y crecen como señores. Se visten muy bien, gastando poco, comiendo bien y vistiendo bien. Eso son los buenos padres, con buena educación. Es admirable, eso se llama saber vivir.

19

MUJER SIN VERGÜENZA

«Mi amor, ¿por qué tienes el seno y la pierna afuera?».

«Para verme más interesante con los hombres».

«A mí no me gusta».

«Si no te gusta, déjame, pero me mantienes».

«Yo, si me voy, no regreso y no te mantengo».

«Te puedes ir, pero me tienes que mantener. Si no, te denuncio. Amor mío puedo conseguir mejor partido que tú, alguien que tenga plata, algún joven. Que eres tú, un verdadero joven que está loco por mí. Los hombres caen de rodillas con un seno afuera».

Ángel, un amigo le dice: «Amigo, no sigas con esa mujer, no es para ti».

Él le responde:

«Yo la quiero y si me deja, me mato. Ella es mi vida».

«Tú no me dejas hasta que yo quiera, estás loquito por mí. Sepa usted que dejé de quererte, te estoy usando por la plata que me das. Tengo a otro y te estoy aprovechando. Estás llorando por mí».

¡Qué loquera! En mi tiempo había respeto por los hombres. Hoy es una vergüenza.

20

LA MAFIA DE MI TIERRA

Esta es la historia de la tierra donde nací. Hace 200 años había un mafioso llamado Salvatore Piedra. Era hacendado en la capital de la tierra mía.

Pasa una señora vidente y le dice que le lee la mano. Él aceptó y ella le dice que será rico y también sus hijos, pero sus nietos se arrastrarán como perros callejeros en la tierra. Él le responde: «Desaparece de aquí. Si no, te amenazo».

Se encargaba de sobornar a la gente para obligarlos a darles diariamente o los metían en la cárcel, amenazando con matarlos. Esa era la Mafia. Con sus acompañantes, actuaba en varios países, sobornando, robando animales y ganado, cosechas. En la capital cercana, los dueños de negocios debían pagarle vacuna.

Se enriquecieron y robaron a la gente dondequiera que llegaban. Eran tan ricos que se dieron el título de caballeros. En un caso muy sonado, hubo un gran robo de ganado y lograron meter a dos hijos a la cárcel por treinta años. Uno de los hijos de este señor había estudiado para ser abogado. Cuando él salía por la escalera del tribunal, bajaba y uno de los hermanos fue asesinado. El otro, después de 30 años, salió a hablar en el balcón, al lado de su abuela e hijo.

Se llamaban Fermín, Jorge y Rafael. Los nietos Martino, Momo, Hector, Agustin, Giuleb, Carlitto, Salvatore. Todos nacen felices de ser ricos, en la mano el título de caballeros. El padre pensaba que serían mafiosos, pero ninguno lo siguió, ni los nietos ni los hijos.

Los matones que se le avecinan al viejo se sentirán perdidos y se esconderán por muchos años. Comenzó la guerra y estaba Mussolini, que había terminado con la Mafia. Por cuarenta años ninguno sabrá de ellos, la familia se vuelve una sombra y ninguno es visto más.

Los hijos del mafioso, Fermín, Jorge y Rafael, eran muy tranquilos, ellos no sabían lo que su papá había hecho con la Mafia. Se casaban con gente rica y andaban en las ferias con su impecable vestido. Una de las esposas cuando el marido llegaba, mandaba a botar toda la vestimenta.

Una vuelta, un niño estaba enfermo y le decía al servicio que no tocara la manilla de la puerta. El niño lo piensa y decide no hacerle caso a la madre. Le dice que no la escuche. Llegado el momento y como si no supiera, la mujer no colaboraba. Los incomunicaron e hipotecaron toda la propiedad porque no supieron administrar el palacio. Todo lo vendieron, lo que habían hecho. Hubo mucha gente comprando moneditas de oro, floreros, estatuas y el piano que tocaban.

Mucha gente se volvió loca a gastar en las ventas. Ninguno lo pensaba. Con la gente y amigos ricos, no supieron administrarse. Perdieron todo, igual a como había anunciado la vidente y luego compraron una trilladora a crédito. Los vecinos les daban de comer. La esposa ya no tenía esperanza y cuando hacían cumpleaños los amigos, no les enviaban platos.

Una vez fue a ver a su padre para trillar el grano y tenía las botas amarradas con alambre. El papá le dijo que la niña tenía mucha inteligencia y le pidió que hiciera una multiplicación de dos cifras mentalmente. De repente la hizo, con apenas ocho años.

El nieto más grande, Martino, estudiaba Ingeniería Agraria. Tenían que tener un cambio, una distribución agraria grande y una Italia socialista, en la que había muchas reformas agrarias. Se casó con una mujer rica, fabricante de vehículos. Tenía el título y todos eran muy simpáticos.

Su hermano era bachiller, pero regresó al robo de animales. Robaban todo aquello que encontraban y metían gente inocente a la cárcel. Los demás se fueron a los establos, pero unos cuántos se fueron a ver al papá que estaba grave. Había ido a acampar y en el paso estaba uno de ellos.

Uno de los primos trabajaba con una agencia de viajes. En aquella agencia de viajes, KLN, un empleado le preguntó si venía a visitar a Venezuela. Le respondió: «¿Con qué dinero? No soy ejecutivo, soy un empleado que estaba con la Mafia y la conoció cuando eran niños».

21

HISTORIA DE MI PUEBLO: ALIA, 1615 - 1860

Alia era en aquel tiempo un feudo del siglo XVII. Sicilia estaba bajo el dominio español gracias al Rey Filippo III y a Pietro Celeste, Barón y Marqués de Santa Croce, persona política de aquel tiempo por cuenta de la esposa, Francesca Cifuentes.

Bárbara gracias a las colonizaciones del país de Alia, el decreto de concesión en Madrid, el 7 de mayo de 1615, por la descompensación del monarca y del feudatario en los años siguientes, 1623. Por 200 años permaneció el Barón y Marqués como propietario de Alia. Sicilia fue dividida y a Palermo se le llamaba «La Concha de Oro».

Giovanni Vega. Manzara val Dermone contrata a Santuzi Chianchitelli. Belatassa Lavatore, Bárbara Timpi D'arsala, Marco Tubianco, Cozo de Ciciro, Setepate Vauso, Bacuce Quatroponte, Paso del Marqués de Santa Rosalía, Valle de los

Inocentes, Agualonca Burdine, Bevario Bosco Cozzo, Cuerva Sanguinche.

22

CONTRA LA MAFIA

Había mucha gente que luchaba contra la mafia. Yo conocí al padrino de mi marido, quién lo confirmó y la prima que se casó con uno de ellos.

Trabajaba contra la mafia y daba de comer a toda la cárcel de Palermo. Se beneficiaban exportando tomate y carbón a los Estados Unidos, pero esto no duró mucho tiempo. Varios comerciantes colaboraban con él.

El padre nos dejó toda la Calle Arquímedes en Palermo. Lamentablemente poco a poco se perdió completamente. Vivía en un pequeño apartamento de dos habitaciones, pero lamentablemente no tuvo suerte y fue muerto a manos de la mafia.

Todos aquellos que estaban en contra de la mafia, temprano o tarde terminan mal. Esta es la triste historia.

23

LOS GRANDES DELINCUENTES
DEL MUNDO

Lucio Drago nació en Montemaggiore. De joven había sido muy estudioso, aunque en la religión. En aquel tiempo había muchos atentados y Vittorio Emanuele III era el Rey de Italia. Había grandes criminales, como Gioja y Dolores. Tantos jóvenes sacrificados por la humanidad, era grave en aquel tiempo. Giuseppe Garibaldi dice que fue un error judicial, pero había dinero por medio de la mafia.

Entre los nombres más conocidos de la época estaban los hermanos Agostino, Antonino, Rosalino y Vincenzo Drago Salemi. Esto sucedió cuando mi padre no había nacido. Había una obra cultural a favor de Rosalino Liboria y Virginia Rosa Vasallo, familia de los Drago, quienes habitaban al lado de mi abuela.

Agostino fue muerto en el patíbulo y Antonino en la cárcel. Rosalino y Vincenzo salieron vivos de la cárcel después de 30 años. La madre murió del corazón roto y complicaba a la familia un trabajador de Salvo. 30 años… pobre madre. Miseria y muerte, Sicilia invadida por la corrupción luego de la Primera Guerra Mundial.

Pipitunazo, Passo di Lupo, Tirdinare Sena, su sueño era una extensión Bravatura y lo busca en el documento. En 1296 el trono de Sicilia lo ocupaba Federico H. D'Aragona, por los Barones y Marqueses. Era una buena posibilidad de gobierno. El hermano Di Giacomo II, Rey de Aragón, dejó el poder a Carlos II, propietario de Nápoles, quien se rebeló con el hermano Bonifacio VIII y permaneció en Sicilia. Fue el creador de las Vísperas Sicilianas, en las que salieron hombres, mujeres y niños.

En 1282 Giovanni di Mileto de Palizzo, heredero de Mateo, pertenecía a una familia de origen Catalán. En el feudo de Alia comienza otra historia el 5 de mayo de 1366, con acto de Giacomo di Starano, de Palermo. El feudo de Alia pasó por posesión de Reinaldo Crispi y el Castillo de San Nicolo quedó a sus herederos, quienes debían permanecer en Sicilia bajo el gobierno del Rey Federico y su heredero. Vendieron todo aquel feudo y fue verificado por el Rey Federico. El heredero de Crispi fue obligado al servicio militar obligatorio, de caballo armado por el propietario por 20 onzas de oro del feudo.

Reinaldo Crispi, heredero a causa de la rebelión del Rey Martino y la Reina María, regresa a la cuna del feudatario de Alia. Se llevaron la propiedad en 1397, cuando se posesionó Guglielmo di Lazaro según el documento de Giacomo

Crispi. En el tiempo de gobierno de Vicari, con grandes feudos de Martino, la pérdida de la propiedad del feudo estaba vinculada a la forma de vasallaje de Guglielmo Lijano, el último jerarca feudal. No había fuerza para ganar el litigio a Enrique, hijo de Giacomo, quien había hecho valer la región.

El 10 de octubre de 1401, el Rey Martino nombró a Enrico Crispi como heredero. En 1406 y 1414, el capitán de justicia de Trapani, de mucho prestigio en Alia, avanzó económicamente, así como el hermano Pietro Romano, hijo Giovanni. En 1461 pasó a la posesión de la misma familia y Crispi vende Alia a Vincenzo Imbarbaria, por la suma de once de oro.

Se reserva el derecho por mis herederos, Vincenzo Imbarbaria con Eleonora Crispi de Federico, con unión del Barón Pietro y tres mujeres: Laura Pallisera Tortorice. Tras la muerte del marido, Eleonora se queda con el pequeño Pietro, heredero, así como las cuentas y los esclavos, el 7 de mayo de 1537.

El abajo firmante domiciliado en Montemaggiore Belsito, Andres Drago Saleme, fue directo a la delegación P. S. y está en Montemaggiore, procedente del tribunal de Termine Merese. El Cardenal fue Calogero y testimonio ocular consumado. Conoce la P. S. Alessandra Concetta, esposa de Giuseppe Battaglia, domiciliado en Alia.

Conoce al verdadero asesino, Gualcuno Pagano con barba negra y Ponazo Privera con barba blanca. Todos se transformaron con barbas pintadas y se escondieron con el dinero robado del asesino Di Marco. Panepinto Anna, Antonino

Panepinto, Rosalía. Fue el nuncio, quien conoce las graves circunstancias. Solito Giochino y la esposa de Cotone Nicolo.

Estos son los verdaderos culpables, asesinos, que han hecho perder a su marido y causaron un conflicto con la policía. Está en América y disfruta de las bacanales con dólares que robaron a Di Marco, Battalla y Concetta, en Alia. No pudo esconder el delito y declara que era el hijo de Cotone y muere en la tierra lejana de América.

El señor Bernardo Mulé Si Stefano regresó a Alia. Se había pedido cargo a Cotone, Cuponazo, Pagano y Solito y ha triunfado la justicia. Agostino Drago fue ajusticiado con su gran condena, mientras que Antonio ha muerto de desamor. Drago, Rosolino, Vincenzo, Di Salvo, Francisco il Cugino, en el baño penal de Procida y el de Ancola.

El abajo firmante, nieto del inocente se pone a disposición del E. V. por saber la verdad. La familia y el estado robaban, sin importar la ley ni la conciencia. La familia Drago no tenía ninguna propiedad. Se relacionan con senadores, diputados y abogados por saber la verdad. E. V. III que se espera la justicia tanto suscribe I E. V. Se ordena una revisión y que la hagan los magistrados fuera de la comunidad de Alia. Residente de Montemaggiore Belsito, el 5 de octubre de 1901.

Andrea Drago Salemi denuncia al procurador, representante del juicio en el tribunal de Termine Merese. El Cardenal Lucio fue Calogero, testimonio ocular donde se conoce en Alia sobre regalos a Rosalía Di Marco. El tribunal era corrupto en una pequeña aldea, Alia. ¿Qué será en toda Sicilia?

La noche del 31 de julio y 1 de agosto de 1872, salen ladrones y malas gentes. Una pobre viejita de ochenta años llamó a majata. La pobre viejita habitaba con su nieto Di Marco y la hicieron desaparecer. Acercaron el cadáver a la cama y lo pusieron en el fuego. Los vecinos alertaron y cuidaron el fuego hasta que llegaron los familiares y las autoridades.

Ninguno de los vecinos habló, pues tenían miedo. Dos personas infames dicen el nombre del hermano Drago y la autoridad lo arrestó. Habían encontrado un pollo sobre la mesa, con los cubiertos, ya que estaba esperando al nieto para comer. Venía de Montemaggiore y retornaba aquel día. Mientras llega, las autoridades cambian la sangre del pollo por sangre humana. ¡Gran error! El muchacho no estaba en la aldea, estaba trabajando la tierra y las vacas.

El nieto Di Marco la encontró agonizante y le dijeron que quienes habían estado allá no habían podido hablar por la gravedad, que tenía un agujero en la garganta con mucho dolor. Estaban preguntando quién era y como no podía hablar, bastó para condenarlo en la Corte de Assisi de Palermo. Los hermanos fueron enviados a la cárcel. Uno de los hermanos le dice a la corte que la sangre era del pollo, pero ellos insisten que era sangre humana.

Di Marco fue llevado a la Corte de Assisi, Palermo, el 29 de agosto de 1873. El 12 de mayo fue Agostino y fue ajusticiado en 1874 en la cárcel de Palermo, con los ojos muertos y cansados de llorar. Se preparaba para ir al patíbulo en la pequeña celda iluminada con una lámpara de funeral. Ve una imagen en la pared y dice con los ojos al cielo: «Dios mío, ten piedad de mí, soy inocente», pensando en su madre. «Soy inocente».

Cierra los ojos y los abre pensando en su pobre madre. Llega el sacerdote Agustino Drago, la hora ha llegado y lo estaban esperando. Le dice: «El tiempo ha llegado». Le da el crucifijo para besarlo y se va a la horca. Primero habla y dice «Aliesi, soy inocente. Me han llevado a la horca, pero soy inocente». Besa el crucifijo. Pasa todo y está muerto, decapitado. El padre dice: «Debo rezar por este pecador, no saben lo que han hecho».

Era un día de sol en Palermo. A los palermitanos que habían asistido al evento, el Padre les da un recuerdo: «Hermanos, pueblo de Palermo, los invito a asistir a la parroquia Santa Lucía para orar por este inocente».

Treinta años después, para la familia Drago todo se había terminado, como se había previsto. Los nietos van a buscarlo. Eran los hijos y nietos de Damiano. Los jueces y hombres de la autoridad competente, el procurador de Palermo, la noche del 31 de julio y el 1 de agosto de 1872, con el procurador de Termine da Cotone, Nicola Pagano, Giovanni Solito, Giochino el Porrazo, Vincenzo, el Cugino de Termine y otros de Alia.

Dejan a Rosalia Di Marco presa con efectivo. En frente vivía Sabino Di Marco, otro mafioso invitado por la tía. Abre la puerta el muchacho Cosimo y entra a mirar, vestido de malandro. Cierra la puerta y quería ver dónde estaba el dinero. Pobre Cosimo se muere.

Andrea Drago Salemi en esta denuncia, el procurador reprende el juicio en el tribunal de Termine Merese, Cardenal Lucio fue Juez Calogero, testimonio ocular. Se conoce de los ojos comunes de Porrazo, Vincenzo. Una tía catalana, Rosa, viuda de Batalla de Alia, conoce el delito por ser confidente de Nerón Catalano. El nieto Di Marco va a ver el macifondo, amigo de Salvatore.

Fue Antonio a destruir la declaración en Alia. El infeliz Di Salvo Francesco ha visto a la corte de Assisi incriminada y contando el delegado Rasmondini Vincenzo, al servicio de P. S. Termine Merese. Permaneció en Alia mucho tiempo, S. V. III, 1011. Miceli Salvatore recibe el delito de autor y Ponazo Vincenzo, Solito Giochino, le manda 1100 con dinero.

Es indispensable sin abogado. Salvatore Guccione de Montemaggiore, vicepretor de Alia en la época del delito, comienza una impugnación del proceso en 1872. El delegado Gafa, residente de Alia, quiere saber la verdad a cualquier costo y desenredan la verdad de la familia E. V. III. Se espera justicia y por lo tanto, I E. V. revisa en serio.

ACERCA DE LA AUTORA

Teresa Di Sclafani De Nasca nació en Italia. También ha vivido en Venezuela y en los Estados Unidos.

OTRAS OBRAS DE
TERESA DI SCLAFANI DE NASCA

- *El mundo según Teresa Di Sclafani*
- *El diario de Teresa Di Sclafani*
- *La Mafia según Teresa Di Sclafani*

Cada uno está disponible en castellano, en inglés y en italiano.